山本洋子歌集

# 天満の子守唄

紅 書 房

『天満の子守唄』　山本洋子歌集　　目次

本扉「天満の子守唄」像　著者撮影

装幀　木幡朋介

# 天満の子守唄

## 出会ひ

からからと落葉舞ひ散る交差点きみと出会へば春の風吹く

煌々と裸木照らす寒の月われの心をあなたは知らず

ひたすらに地下にマグマのある如くあなたを想ふ暑き夏の夜

泡をふくラムネしゅわつと夏の夜差し出し君が恋を仕掛けた

秋の日の山の端燃ゆる黄昏にきみの言葉は優しく聴こゆ

ゆらゆらと揺れる吊り橋渡りゆくきみが両の手ひろげ待つから

手の甲に接吻《くちづけ》くれし君のこと思へばいつも合歓の花咲く

くれるなら私の心くぎづけた君が笑ひの声の缶詰

## これからの道

散りもみぢ濡るる舗道は天の川夫と二人の夜のウォーキング

このままでそつとこのまま指からめこれからの道いつも二人で

紅葉に身を染めながら坂道を足早にゆく夫を見送る

白梅は朝日に映えて祝福を受けるがごとく寒気に匂ふ

首飾りつけてあげると言ふ夫に少しわくわく背中を向ける

百薬の長だとぞ言ふ酒ならば君の「おはやう」仙薬の長

秋桜好きだともらせばあの頃は花束にしてやって来し夫

父母のごと深く睦みて寄り添へる「連理の枝」にわれもなりたし

## 光る帯

姫こぶし銀の絮毛にチラチラと揺れる光を蕾に宿す

桜草「あなたの色」と写メールに送られし朝こころ揺らめく

若葉風キラキラ光る浅みどり季節《とき》は身体をすり抜けてゆく

紫陽花に雨やはらかに降りつづき老母《はは》はしづかに薄茶を点てる

運動会ゴールに飛び込む孫はすぐわれを探して万歳をする

一本の始発電車は光る帯街を静かに目覚めさせゆく

胸張りて大海のぞむ龍馬像「遠くを見よ」と声するごとし

孫たちに屠蘇の謂れを聞かすれば目を輝かせおづおづと飲む

天満の子守唄

満つる月こよなく愛でし父は今潮の満ち引き待たずに逝きぬ

カナカナとカナカナカナと鳴く蜩に「生きるの辛い」と言ふ老母《はは》痛む

老母《はは》唄ふ旧き「天満の子守唄」温もり一つ抱きしめをらん

流星群ひとつ流れて宇宙《そら》思ひふたつ流れて生命を思ふ

日と月と合はせて明と書くごとく全てを抱ける人となりたし

振り向かざりき

祝ひ箸あと何回の正月ぞ懇《ねんご》ろに書く母の名の「ミツ」

その父母の声を翼に雪の中大回転して孫はバンザイ

舞鶴は遠き痛みを隠すごと海いちめんに霧立ちのぼる

母のゐる施設ホールの音楽はリチャードの曲「母への手紙」

御殿雛飾ればその母しきり恋ふ認知症を病みゐる老母《はは》は

指折りて母が数ふる百歳ぞまだあと三つと静かに笑ふ

寒き夜のせつなきまでの望月に願ふは母の平穏の日々

ケアハウスの窓に手を振る母の姿思へどわれは振り向かざりき

## 施設の母

慈しみ守り育ててくれし老母《はは》まだ母でありもう母でなく

あぢさゐの花咲き盛るかかる日に母は私の名を忘れたり

飴玉を幼《をさな》がねだるそのごとく「帰りたい」とふ施設の老母《はは》は

灯のともる施設の窓辺雨に濡れ「ポプラの里」は闇に鎮もる

鏡見て皺がふえたと白粉《おしろい》を重ね塗る母九十八歳《くじふはち》なり

切なさの涙を隠すサングラス施設を後に車走らす

認知症は旅立ち思ふ神さまの智恵かも知れず母の手をとる

傍にゐて九十八歳《くじふはち》なるこの母はただ生きてゐるそれだけでいい

## 遠花火

百日紅咲き盛る道ゆっくりと大きく曲がるデイサービス車

「最後かも」老母《はは》と見上ぐる遠花火猪名の川風髪に冷たし

月見草白から薄紅《べに》へ染まりゆく白髪の祖母を想ふひととき

ガンガラ火三百余年厄除けと夜空に大文字焦がし夏過ぐ

その妻の逝去を知らず待つ老爺施設ロビーの白百合香る

現在が愛しも

除夜の鐘にこころの時計また合はせ夫と生きゆく現在《いま》が愛しも

ほのかなる朝の光に一枚になりたる師走のカレンダーを見つ

臘梅のほのかな香りに送られて背筋を伸ばし今日も出かける

音もなく全て消し去る夜の雪明けてこの日の新しき足跡《あと》

早春の日差しに光る北淡の潮路に浮かぶかの日の震災

「桜より五弁の白い梅が好き」母の言葉をまた想ふ春

少しづつ小さく季節《とき》を震はせて春はそこここ匂ひをふらす

音も無く小糠雨ふる春の宵桜の花は雫に震ふ

青信号一目散に駆けてゆく一年生は鳥のごとくに

わくわくと開ける教科書まつ新の匂ひは孫の指にこぼるる

雨あがりほのかに明けてゆく空を燕《つばくらめ》ふたつ撫づるごと飛ぶ

## イタリア

空も群青《あを》海もまた群青《あを》風までもナポリの群青《あを》はセロファンの青

太陽に愛されてゐんか紅く燃ゆるソレントに咲くブーゲンビリアは

軽やかにスペイン広場の階段を駆け下りるわれヘップバーンのごと

ひたひたと歴史のロマン匂ひたつミラノの街の大聖堂は

古来より祈りを溶かす大聖堂光降り来てこの身抱かる

ピサの斜塔手に支へたる格好の記念写真に四人をさまる

ポンペイのベスビオ火山の噴火にて埋もれし亡骸そのまま展示す

## 母の日捲り

抱きしめてあげたい程の哀愁の気配まとひてわれ待つ母よ

百合の香はベールのごとくとろとろと居眠る母を包みてゐたり

いつの間に秋の虫鳴く晩夏にて老母《はは》また一つ季節を越える

人は皆天命尽きるまでを生く母の日捲りこのまま続け

「大丈夫いつでも傍にゐるから」と繋ぐ母の手のこの温もりよ

昼過ぎてひだるの神のゐるらしも目を細め食む母よ幸せか

紅のマニキュア十指に塗りやれば伏し目がちにて老母《はは》ははにかむ

この日頃昔にもどり遊ぶ母娘時代の家恋しがる

祖母の匂ひ

みぞれ降る春まだ浅き明け方に「コトリ」音して朝刊の入る

上弦の月がひつそり浮かびをり誰もが桜花《さくら》ばかり観てゐる

花まつり甘茶をかけし幼日よ祖母の匂ひの春がまた来ぬ

ホーホケキョ早朝《あさ》の光を吸ひて鳴く鶯のどに七音ためて

みぎひだり肩を揺らせて祖母と乗りし緑色したチンチン電車

一瞬の輝きあればそれでいい忘却の道生きてゆく母

有馬富士形《なり》やはらかな春の午後肩も背中も心も緩む

# 花束

「優しい」は強い力のあることと父は教へし二十歳《はたち》のわれに

優しき目のラブラドールの介助犬主《あるじ》の声をしなやかに聴く

チャリティーの優しさ沁み入るピアノ曲心は丸く丸くなりゆく

雷を怖いと泣いた吾子は今雷おとす教師となれり

赤いリボンの百合の花束素つ気なく息子はホイとわれに差し出す

## ハワイ

ホノルルの空港着けばたちまちにプルメリア薫る南国の風

シュリンプに舌鼓うつノースショア走る列車はパイナップル畑

ゆうらりの椰子の木陰と波音にストレス溶かすワイキキの浜

海さへも眠りに落ちるかワイキキの光はひとつ覚めた三日月

戦争を知らぬ若者サンダルで笑顔で列なすパールハーバー

# 紅通信 82

紅《べに》書《しょ》房《ぼう》

## 国境

柏原眠雨

島国の日本には陸上の国境がない。二十世紀前半の一時期に樺太と朝鮮で日本領土にも地上の国境が存在したことがあるが、現地で国境体験をした人はごく僅かに限られる。だが、世界の諸大陸にある国々では、国境を意識して生きる人々がたくさんいる。

一年をドイツで過ごしたことがある。ヨーロッパにはたくさんの国があり、折々に国境を越える経験をした。交通量の多い道路では国境に検問所のあることが多く、車で通るに旅券の提示が求められる。入国にビザを要求する国もあり、その場合には予め用意する面倒があった。もっとも、EU誕生後は、加盟国間での移動は自由化されている。

ところで、二国間の国境は線であるが、三つの国の接する場所となると、三本の線がぶつかることとなり、そこは点になる。そんな場所へ一度行ったことがある。ドイツの古都アーヘンの近くの、ドイツとオランダとベルギーの三国の国境接点地である。

アーヘンから車でそこへ行くには、一旦オランダへ入りベルギーへと回らなければならず、検問を二度潜る面倒があるので、地図で細道を見つけ、直接当所へ向かった。やがて車が通れないほど道が細くなり、車を置いて歩いて急坂を上った広場に、三国国境交点を示す小さな石柱があった。三つの面に三国を意味するDとHとBの字が刻まれていた。

国境といえば、ウクライナへと国境を侵犯して攻め入ったロシアの妄挙が悲しい。

（俳人・俳人協会顧問／哲学者・東北大学名誉教授）

# 室生犀星と軽井沢

大藤　敏行

このたび、『室生犀星句集』改訂版（令和五年五月、紅書房刊、星野晃一編）が刊行された。室生犀星が生前に編んだ四句集および随筆集収載句より六一〇句が収録されている。

軽井沢での俳句もはっきり分かるものだけで二十句ほどが収められている。「山ぜみの消えゆくところ幹白し」、「山やけて天つ日くらしきりぎりす」、「行春や菫をかこふひとところ」などである。浅間山麓の豊かな自然の中で、花や虫などの小さな命や自然などに温かな目が注がれている。

巻末の解説によれば、室生犀星が俳句と出合ったのは、義兄真道に連れられて金沢の近所に住む俳句の宗匠十逸老人の家を訪ねた時、満十四歳の頃であったという。

詩人として出発し、後に小説家に転じた人は少なくないが、犀星のように小説と詩を晩年まで書き続けた人はそれほど多くない。犀星の場合、それに加えて少年時に出合った俳句も晩年まで作り続けた。「俳句は私にとって有難い美しい母胎であった」と本人も書いている。

私は、軽井沢ゆかりの文学者の資料を収集・保存・展示する軽井沢高原文庫に勤務しており、軽井沢における室生犀星に関心を持っている。そこで室生犀星と軽井沢について、少しふれてみたいと思う。

室生犀星が初めて軽井沢を訪れたのは、大正九年七月のこと。長野市へ旅行した帰りに軽井沢に立ち寄り、つるや旅館に宿泊した。宿の周辺を散歩していると、「青い低い木立をめぐらしてある西洋人の別荘がその白いカーテンや長椅子や白い服をきた姿とよく釣合つて、涼しげに林間の小径に見られた」と「旅のノオトから」に綴っている。

三年後の大正十二年夏には、犀星は三カ月前に知り合った堀辰雄（当時十八歳）を軽井沢に誘い、半月ほど共に過ごした。犀星という人は親しい友人や知人を軽井沢に誘い、軽井沢との縁をつくったという点で、軽井沢文学にとって大恩人と言える。

大正十三年八月、犀星は芥川龍之介とつるや旅館の離れを借りて、襖を隔てた部屋で十二日間を過ごした。その様子は随筆「碓氷山上之月」に描かれている。そこに「ぽつたりと百合ふくれゐる縁の先」、「秋ぜみの明るみ向いて唖かな」、「草かげでいなごがひとり微笑うた」、「鯛の骨たたみにひらふ夜寒かな」の四句が出てくる。翌年夏も二人はつるやに滞在し、そこへ萩原朔太郎が妹二人を連れて前橋から犀星を訪ねてきた。

昭和六年、犀星は軽井沢・大塚山下に別荘を新築した（軽井沢一一三三番）。東京馬込に家を建てる一年前のこと。犀星はそれ以降、亡くなる前年までの実に三十年余り、七月から九月までの約三カ月を別荘で過ごした。戦中戦後の約五年間は疎開生活を送った。

犀星は、別荘で執筆に励むかたわら、丹精込めて庭を作った。飼っていた猫にミュン子、カメチョロなどと名付け、慈しんだ。きりぎりすなどの虫を籠に入れて鳴き声を聴き、また骨董を愛した。

正宗白鳥や志賀直哉、川端康成、堀辰雄、津村信夫、立原道造、中村真一郎、福永武彦、円地文子ら、多くの文学者らと交友も楽しんだ。高山古美術店をはじめ、親しく付き合った店も多い。戦後、犀星は地元の軽井沢高校の校歌を作詞し、それは現在も歌われている。

亡くなる一年前、生前唯一となる自らの詩碑を軽井沢矢ヶ崎川畔に建てた。詩集『鶴』の中の「切なき思ひぞ知る」を自筆し、吉田三郎に字彫を依頼し碑文とした。

室生犀星が軽井沢を深く愛した文学者であることは誰もが認めるに違いない。私は、明治以降で軽井沢で最も長い時間を過ごし、軽井沢の美しくも厳しい自然などを詩・小説・随筆・俳句で表現した文士の筆頭は室生犀星ではないかとひそかに考えている。

〈軽井沢高原文庫館長〉

## 発売中

表示の本体価格に税が加算されます。

**戦前の文士と戦後の文士**　大久保房男
四六判　上製・函入　二四〇頁　本体二三〇〇円

**文士と編集者**　大久保房男
四六判・上製・函入　三五二頁　本体二五〇〇円

**終戦後文壇見聞記**　大久保房男
再版　四六判　上製・函入　二九二頁　本体二五〇〇円

**文藝編集者はかく考える**　大久保房男
第四版　四六判　上製・函入　三七二頁　本体二五〇〇円

書下ろし長篇小説・藝術選奨文部大臣新人賞受賞
**海のまつりごと**　大久保房男
再版　四六判　上製・函入　三六〇頁　本体二七一八円

**古典いろは随想**　尾崎左永子
再版　四六判　上製カバー装　二六四頁　本体二三〇〇円

**梁塵秘抄漂游**　尾崎左永子
三刷　四六判　上製カバー装　二〇八頁　本体二三三三円

**源氏物語随想**—歌ごころ千年の旅　尾崎左永子
四六判　上製カバー装　二八〇頁　本体二三〇〇円

**友　臼井吉見と古田晁と**　柏原成光
四六判　上製カバー装　二四八頁　本体二〇〇〇円

随筆集　**鯛の鯛**　室生朝子
四六判変型　上製カバー装　二八八頁　本体一九〇五円

**犀星　句中游泳**　星野晃一
四六判　上製カバー装　三四四頁　本体二三〇〇円

---

**室生犀星句集**　改訂版出来　星野晃一編
文・川上弘美、四六判変型上製　二四〇頁　本体一八〇〇円

**俳句の明日へⅡ**　——芭蕉・蕪村・子規をつなぐ　矢島渚男
再版　四六判　上製カバー装　三〇八頁　本体二四〇〇円

**俳句の明日へⅢ**—古典と現代のあいだ—　矢島渚男
四六判　上製カバー装　三一二頁　本体二四〇〇円

**身辺の記／身辺の記Ⅱ**　矢島渚男
「梟」主宰　四六判変　上製カバー装　本体各二〇〇〇円

**風雲月露**—俳句の基本を大切に　柏原眠雨
四六判　上製カバー装　三九二頁　本体二五〇〇円

**公害裁判**　イタイイタイ病訴訟を回想して　島林　樹
再版　A五判　上製カバー装　七二八頁　本体二八五八円

**裁判を闘って**　弁護士を志す若き友へ　島林　樹
四刷　A五判　上製カバー装　三三六頁　本体一八〇〇円

**想い出すままに**
**与謝野鉄幹・晶子研究にかけた人生**　逸見久美
四六判　上製カバー装　三三六頁　本体二三〇〇円

**私の万華鏡**—文人たちとの一期一会　井村君江
四六判　上製カバー装　二八六頁　本体二五〇〇円

●**和歌秀詠アンソロジー**・二冊同時発刊

**恋うた**　百歌繚乱　松本章男
四六判　上製カバー装　三五四頁　本体二三〇〇円

**心うた**　百歌清韻　松本章男
四六判　上製カバー装　三六〇頁　本体二三〇〇円

---

## 新刊・近刊

**「杏っ子」ものがたり**
犀星とその娘・朝子　星野晃一
四六判上製カバー装　三五二頁　本体三〇〇〇円

**虚子点描**　矢島渚男
四六判上製カバー装　二五六頁　本体二二〇〇円

**泉鏡花俳句集**　秋山稔 編
初句集。五四四句収載。鑑賞・高橋順子　解説・秋山稔
四六判変型　上製本　二四〇頁　本体一八〇〇円

**沙羅の咲く庭**
こころの妙薬　飯塚大幸
四六判変型並製カバー装　二四〇頁　本体一五〇〇円

歌集　**歳月を積む**　稲垣妙子
跋・奈賀美和子　四六判上製カバー装　一五二頁　本体二五〇〇円

歌集　**朝陽**　沢野唯志
第二歌集　A五判上製カバー装　一六八頁　本体二五〇〇円

**讃歌**　山本泰子句集
第一句集　四六判上製カバー装　一二八頁　本体二五〇〇円

句集　**あめつち**　奥田杏牛
第十一句集　A五判上製箱入　二三〇頁　本体四〇〇〇円

〈炎環叢書〉
15　句集　**紺の背広**　前島きんや
序・石寒太　四六判　並製　一九六頁　本体一八〇〇円

**紅通信第八十二号**　発行日/2023年９月22日　発行人/菊池洋子
発行所/紅(べに)書房　〒170-0013 東京都豊島区東池袋5—52—4—303
振替/00120-3-35985　電話/03-3983-3848　FAX/03-3983-5004
https://beni-shobo.com　info@beni-shobo.com

## シェルブールの雨傘

唇に人差し指をあてながら内緒とばかり孫は合図す

二人にて観たりし映画「シェルブールの雨傘」弾かんと夫は習ふ

一心に孫と連弾する夫に褒美のひと言「おおブラボー」

見送られ動く列車に「ぢいぢが乗つてないよ」と大泣きの孫

口紅を白髪に塗りし老い母の細き体を思はず抱きしむ

老境の母の眼差しひときはに強く追ひくる帰る私を

コロナ禍で面会できぬ弟のうつろなる目をリモートに見つ

ホテルでの白寿の祝ひ晴れやかに小さき母も大きく見ゆる

## 灯　台

まほろばの献詠祭の笙の音に胸高なりて深呼吸せり

三輪山の神さぶる樹々ゆつたりと思ひ遥けく大空に立つ

早朝のバス待つ人の白き息紅き山茶花つづく坂道

百歳と九十二歳の姉弟のはづまぬ会話のほのぼの温し

大神のこころ息づく境内に命をつなぐ千両万両

とろとろと溶けてゆくかと思ふごと誘《いざな》はれゆく深き眠りに

遠くまで光届ける灯台になれと師の言ふ一日研修

仕事終へピアノに向かふ夫の背に褒美の衣かけてあげたし

たまゆらの命

音たてず静かに流れゆく時間《とき》を老母《はは》には止めて下さい神様

まぼろしのごとき話をする老母《はは》の口におろしし林檎を入れる

「いつまでも子らが元気で」と七夕の短冊に書く母は認知症

たまゆらの命知りてか一秒も惜しむが如くクマゼミの鳴く

なにもかも天より受くる宝かと思へばいつもこの身しなやか

言の葉のゆかしき文を思ひつつ夜の静かな雨音を聴く

この母と共に赤飯炊くことのできる敬老の日はあと何回

老母うたふ天満の旧き子守唄この身に沁み入る声の温もり

## 台湾

台湾に日本語話す人多く日本旅行が大好きと言ふ

台湾に「台湾歌壇」の結社あり美しき日本語愛する人々

台湾の新幹線はすべりゆきマンゴー色の風吹く高雄

台湾に「かたじけない」の言葉あり日本の美《は》しき精神《こころ》身に染め

新年に台湾の師の書き初めにわが名の入りし掛け軸届く

おほきに

朝日うけ登校見守るわれもまたこの子らと共に育つ気のせり

背を丸め藤色の杖右に置き居眠る母はややに笑みをり

一滴の水も天地の恵みなりそれにも勝る母の「おほきに」

ゆるゆるとチンチン電車はかの遠き戦火浴びにし軌道を進む

紫陽花の咲く六甲に青春を預けてきたと思ふこの頃

月影の中に眠れる裏通り昼の足跡見ゆる気のする

空高く叔父は旅立つ秋の日に葬送曲は「天満の子守唄」

声変はり

大和には低き山々数あれど大津皇子《みこ》の眠れる二上の山

外つ国の表示圏外のベルが鳴り声変はりせる孫の声聞く

はらはらと散る桜花手に受けて百歳の母スウーと息吐《は》く

兜さへもう折れずして老い母はゆるり流れる雲を見てゐる

衣更へ上着を脱ぎて出勤する夫は常より颯爽と見ゆ

独り生き独りしづかに逝きし級友《とも》酔ひて想ひを吐き出しもせず

青梅を笊にならべて日に干せば目に顕《た》つ母の割烹着の白

立葵辺りの暑ささらふごとただ咲きてゐるただ揺れてゐる

## 同窓会

教室に廊下に溢れる子供らの声は翼のあるごと跳ねる

同窓会遠い昔のきみがゐるあの歩き方あの笑ひ声

もし月に手が届くなら君にやる悲しみ包む友の言の葉

同窓会ゆきつ戻りつ時間《とき》こえて心はゆつくり無垢となりゆく

## 百歳の母

百歳の母のうつつのつぶやきは耳の産毛を切なく撫づる

百歳をわからぬままの母なれど花束もらひ立ち上がらんとす

母に言ふ天国にゐる父と逢ひきつと伝へていい娘《こ》だつたと

若かりし母の美しき筆の文字見つけてわれの何か悲しも

## 今はの母

星屑の流れる空をふり仰ぎ母の時間よ止まれと願ふ

ミツさんと呼べば一瞬目を開けてわれを見たりし今はの母は

昏睡の母に「天満の子守唄」歌へば母にひとすぢの涙

逝きたりし百歳の母を導けよ澄みゆく今宵のスーパームーン

亡骸は博多人形思はせて頬紅させば「おほきに」聞こゆ

生前に新橋色の総刺繍最期に着せてと母は言ひにき

ぽたぽたと涙溢るるこのわれの肩を抱き来る二人の息子

終戦時待ちに待ちたる父母《ちちはは》の希望の星と生まれし私

カナカナと鳴く蜩と夕映えの静かな色に亡き母想ふ

春なれば髪かきあげて白梅を簪にせし母は逝きたり

雲の上震へるごとき飛行機に遺骨抱きしめ北へと向かふ

老木に花

みくじには老木《おいき》に花の咲くとあり夫はころげてころげて笑ふ

亡き父の享年越えたる誕生日なほさらに沁むる親の恩愛

ハアハアと天に向かひて息を吐く孫は指さし「これ雲になる?」

海越えて元気でゐてねと息子より写メール届き胸に花満つ

この五十年

一瞬のまばたきに似ん人生は平凡こそが幸せと知る

出会ひこそこの身を変へる宝もの知りてこの今この人に対《む》く

まつ青の空に触れむと秋桜のとりどりの花ゆらり揺るるや

日々《にちにち》のさり気なき夫の横顔に定年近き哀愁覚ゆ

夫に逢ひこの五十年幾たびを相共にして支へ越えきつ

よそゆきの着物姿の母の夢覚めてしみじみ雨の音聴く

神からのプレゼントのごと聖夜なる空に光の弥増《いや》す満月

## 旅の思ひ出

象の背に「ぐらり」揺れつつ神さまとつながるやうな碧き大空

手招きのごとくブーゲンビリア咲きパタヤの夕陽ゆつくり沈む

新緑の蘇州の庭の寒山寺「楓橋夜泊」の鐘の音聞きたし

上海はビジネス都市ぞ高層のビルや人らの息吹でムンムン

三角の屋根うち続く街並みのローテンブルグはおとぎの世界

ルーブルのミロのビーナス大きさに強さもありて立ち竦《すく》みたり

プラハ城ゆつたり流るるブルタバ川聖像並ぶカレル橋渡る

ブダとペストひとすぢ繋ぐ「くさり橋」戦ひ思ひドナウ川ゆく

十三世紀の要塞たりしミハエル門青空を背に塔はそびえる

「チャルダッシュ」バレエ舞曲を若き頃踊りし私の夢のハンガリー

振り向かず行く

抽斗に亡き母の文見つけたり筆跡今も息づくものを

十五夜の月の朧にかかる宵息子は今し海波《かいひ》に発ちぬ

青白き月光蓄へ熟れゆくか柿の実今宵の月と照りあふ

引き揚げ船に義母はひたすら目指しけむ舞鶴は今穏しき港

はたはたと青田を渡る風の中息子《こ》は片手あげ振り向かずゆく

指さして東に大きく輝くは「ジュピターだよ」と孫は胸張る

記念日に「シェルブールの雨傘」弾く夫の指《おゆび》に生《あ》るる音の温とし

敬老の日「元気でゐてね」と似顔絵を書きて孫からＦＡＸとどく

船場言葉

海の色みな違へどもうちつづく海底ひとつに繋がる地球

旧姓に呼びて手を振るデパートの食器売場のあの人は誰

けし餅をぷちぷち食めば懐かしや祖母住みたりし堺の町屋

若くして身につけしもの一生の宝になると亡母《はは》の口ぐせ

老いの身に老いの美ありと教へくれし祖母ぞ柔らかき船場言葉に

新春を迎へる

しめ飾り床の間の若松《まつ》かがみ餅にコロナ禍祓ひ新春《はる》を迎へる

大正期スペイン風邪に祖父は逝きコロナ禍に今私は生きる

訪ね来る誰一人なき施設の翁声をかければ表情ゆるぶ

膝を折り車椅子の人と目の高さ揃へ話せば目元和らぐ

墓じまひ祖父母の眠るこの寺に絹雲ゆつくり静かに流る

## 天窓

果てしなく澄む藍空の望月に孫の夢膨らむ十五歳の春

漆黒の空にはりつく満月は宇宙をのぞく天窓のごと

上海に着きて隔離の二週間企業戦士の息子《こ》の無事祈る

米国に留学の孫ら帰国さへ出来ずコロナは世界を覆ふ

カーネーション抱へて息子の訪ひ来たりドアより差し入る光のごとく

震災の給水車へとバケツ持ち走りゆく息子《こ》を未だ忘れず

仏壇のらふそくの灯に手を叩き「おめでたう」とぞ三歳の孫

やはらかに桜咲く頃この今の軋めくごとき心安らげ

## コロナ禍

空つかむごとくもくもく入道雲湧きたちやまずその力はや

コロナ禍に心の一部欠け落ちぬマスクの下の笑顔の如く

コロナ禍を嘆かずひとり歌詠めばこれぞ私の忘れ種《ぐさ》なり

朝顔は時を違はず花咲かせ私は自粛生活のまま

煌々と輝く月を盃に映し飲み干ししいにしへ人よ

リリヤン

水晶の亡母《はは》の形見の首飾り身につけ歩く雨やまぬ中

畑中にぽつんと一本まつ白の曼珠沙華咲く息ひそむごと

外つ国の息子《こ》のラインきて時差思ひ逆算する癖いつまで続く

駄菓子屋にリリヤン見つけ手にとれば心はすぐに八歳の私

父母《ちちはは》はこのコロナ禍を知らず逝き遺影はいつも微笑みてをり

白バラが庭に咲いたと友からの棘みな抜きし花束もらふ

広やかな空に向かひて深呼吸すれば明日へのサプリと思ふ

コロナ禍で寂しいと言ふ高齢者鏡にうつる己《おのれ》に笑ふと

この人に対く

断りなく時はなべてを変へてゆく美貌も背丈も髪も友まで

戦争をくぐりて弥生百年の雛のまなざし毛氈に映ゆ

たはやすく人の想ひの移ろへど静かにわれはこの人に対《む》く

とめどなく電話に友と語り合ふ旅や健康また夫のこと

夕さりに耳に優しく聴こえくる曲は孫弾く「母への手紙」

高々と皇帝ダリア風に揺れ静かに時の流るるが見ゆ

青空の深きひと日に柿の実は陽を反しつつ朱深《あけ》めゆく

追ひ風に後押しされる心地よさ人生後半このやうにあれ

今年の花

コロナ禍に人影見えぬ浜辺には捨てたる舟が座るごと見ゆ

エスカレーター昇りと下りにすれ違ひしかの日の君とこの私《わたくし》と

独居の人訪問すれば仏壇の遺影の前にアメ玉ふたつ

保育児ら色とりどりのマスクして囁く時に顔を寄せゆく

人住まぬ生家の庭の木蓮の今年の花の咲くを見に来つ

七十歳過ぎて沁み入る父母の愛今しみじみと身に膨らめり

コンパスで円描くごとコロナ禍に動けぬこの身に春風の吹く

コロナ禍に外出自粛の水無月にワクチン接種の予約にはしる

ふたたびの

たまゆらの魔法のごとき出会ひには右か左か決める時間《とき》なし

前ぶれもなくときめきは身に降りて空など見上げ星を探せり

さりげなき君のメールのスタンプに少しだけ見ゆ隠れる心

君くれしオールドローズのミルラ香心の襞に深く染み込む

ふたたびの恋は臆病コスモスの薄紅色の揺れるがごとし

## アマビエの札

除夜の鐘向かうの山から響きをり空打つ冷気ふるはせながら

初詣でマスクの人ら黙々とみくじも引けずただ手を合はす

妖怪のアマビエの札の贈り物「コロナに勝て」と添書きのあり

美しく生きたいとある年賀状病の友の筆の強さよ

忘れえぬ成人の日の振り袖の金糸銀糸と祖母の笑ひ皺

恵比寿さん「商売繁盛」マスクする巫女が言へども空気は揺れず

この春のときめきひらひら揺らすごと辛夷の万の花びら開く

何もかも嫌になつたと言ふ老人《ひと》にゼリー三個を今朝は届けぬ

## 振り袖

茶房にてマスクはづして飲む紅茶友と久々笑顔を交はす

母亡くしし友は時折うなづきて窪む眼《まなこ》をしばたたかせたり

車庫の隅「おかへりなさい」燕《つばくらめ》外つ国に住む息子は帰れず

虫干しに金糸銀糸の振り袖をひろげ過去へと遡りゆく

マスクせし医師が仕事の父を今偉いと思ふコロナ禍の日々

「父の日」は人に力を尽くすこと教へし頃の父想ふ日よ

新緑の輝く五月の想ひ出に旧友《とも》と腕くみカメラに収まる

スリッパを引きずりながら歩みゆく老男《ひと》の背中のなほ逞しき

夫の寝息

坂道に両杖をつく高齢者その妻後を見守り歩く

独居の人訪問すれば無精髭うつろなる眼の一瞬光る

ラジオ体操日々続けるは歳重ね肘や背筋の曲がらぬためぞ

ギター弾く孫の姿に遠き日の息子を重ね口元ゆるむ

十五夜の月光《つきかげ》の中の虫のこゑ夫の寝息に交じりて聞こゆ

エンディングノートを書くと言ふ夫の伏せたる目蓋の横顔を見つ

楓《かへるで》の落葉一面に敷く舗道生命《いのち》のごときその赤を踏む

ストリートピアノ弾きたる十五歳《じふご》なる男孫《まご》は周りの拍手に照れる

## 母の遺影

車椅子こぎゆく人は脇見せずからたちの花咲きて薫るに

携帯に友の送りてくれし曲酷暑忘るるサンバのリズム

コウノトリ六羽舞ひ降り西谷の青田の中に白さ際立つ

空港の出迎へ口に待ちをれば多数の人の人生の見ゆ

吊るし柿十日過ぐれば日に一度軽く揉めよと母は教へき

望の月好きと言ひゐし亡き母よ名月の夜は殊更淋し

おめかしの大好きなりし母の遺影出かけるわれに今日も微笑む

売却し今他人《ひと》の住む実家には色の違へる明りの灯る

## 父の形見

オパールの指輪は亡母《はは》の形見なり大事なひと日に必ずつける

車椅子に母乗せ巡りし梅林にあの日と同じ白梅匂ふ

母のもつ温みと重さをもう一度味はひたしと思ふこの頃

家のため辛いと言へぬ毎日のヤングケアラーに又朝が来る

文字盤に月や星出る腕時計父の形見を今宵手に載す

## 二重の虹

澄みわたる今宵の空に天の川よぎりて昇る十六夜の月

山あひをまたぐ大きなる放物線二重の虹が夢のごとかかる

光《ミツ》といふ亡き母の名に出会ふたび面立ちと声この身を撫でる

コロナ禍といへども今年もここの田に稲はゆつくり穂を垂れてゆく

帰国せし孫ら濃厚接触者ホテルの窓から大きく手を振る

年の瀬に受験控へる孫達のこころ騒がすコロナ報道

コロナ禍に再びの封鎖告ぐる息子《こ》の電話の向かうの上海思ふ

## 逝きし弟

死ぬる時奇瑞のありと人の言ふ危篤の弟の頭を撫づる

さながらに氷河ゆつくり動くごと心残して逝きし弟

弟の逝きたりしかど新春《はる》の陽はかくのどやかに隈なくも差す

# 跋　『天満の子守唄』のために

奈賀　美和子

著者の山本洋子《ひろこ》さんとの御縁は、奈良の三輪山での、大神《おおみわ》神社「三輪山まほろば短歌祭」である。私が永年選者をお受けしているその献詠祭に毎年応募下さり、

象の背に「ぐらり」揺れつつ神さまとつながるやうな碧き大空
三輪山の神さぶる樹々ゆつたりと思ひ遥けく大空に立つ
はたはたと青田を渡る風の中息子《こ》は片手あげ振り向かずゆく

等々、受賞作は枚挙にいとまが無い。

そしてまた、山本さんの常に華やかな装いと物腰は、お住いの宝塚市すみれが丘のイメージとも相俟って、いつでも私は、宝塚歌劇の舞台を重ねてしまうほどに、会場のどこにいらしても一番に目に止まることから、授賞式の大勢の方々の中で、すぐにお顔を覚えたのである。

そんな御縁もあってか、遠路、宝塚市から、私が堺市で開いている「こくりこの会」の月々の歌会に参加されるようになって、かれこれ十年近い年月が経った。初めて三輪の献詠祭でお目もじした時には、確か夫君もご一緒であった。その時、お二人は小学生時代からの相思相愛の仲とお聞きしたのである。

短歌はだいぶ以前から詠われていたようで、この度、選歌、構成等々のお手伝いのためにお預かりした五百首余りの作品には、私の初めて拝見したものが、かなり含まれていた。

そこには主に、百一歳で逝去された母上を詠ったものが多くを占めており、船場の旧家の出自と伺っている母上の歌う「天満の子守唄」が絶えず通奏低音のように流れている。

老母《はは》唄ふ旧き「天満の子守唄」温もり一つ抱きしめをらん

老母うたふ天満の旧き子守唄この身に沁み入る声の温もり

空高く叔父は旅立つ秋の日に葬送曲は「天満の子守唄」

昏睡の母に「天満の子守唄」歌へば母にひとすぢの涙

作者もまた、この子守唄を聞きながら、成長されたのではないだろうか。母上との深い絆は、この唄となって山本さんの身の内深く切り結んでいるに違いない。そんな思いから標題は『天満の子守唄』と命名した。

御歌集の上梓は、入会当初からご希望であったが、私はもう少し作品を拝見したい思いや、更に深まりを得てからでもとの思いから、うかうかと今になってしまった。亡き母上がこの一冊を心待ちにされていたと伺い、申し訳ない思いでいっぱいである。

御殿雛飾ればその母しきり恋ふ認知症を病みゐる老母《はは》は

ケアハウスの窓に手を振る母の姿思へどわれは振り向かざりき

慈しみ守り育ててくれし老母《はは》まだ母でありもう母でなく

飴玉を幼《をさな》がねだるそのごとく「帰りたい」とふ施設の老母《はは》は

抱きしめてあげたい程の哀愁の気配まとひてわれ待つ母よ

音たてず静かに流れゆく時間《とき》を老母《はは》には止めて下さい神様
亡骸は博多人形思はせて頰紅させば「おほきに」聞こゆ
おめかしの大好きなりし母の遺影出かけるわれに今日も微笑む

認知症を患い施設に入られた母上への細やかな情愛が溢れている作品群である。ご自身のことを詠った「終戦時待ちに待ちたる父母《ちちはは》の希望の星と生まれし私」や、「母に言ふ天国にゐる父と逢ひきつと伝へていい娘《こ》だつたと」等の作品ともひびき合って、おのずからご家族間の温もりのようなものが伝わってくる。

首飾りつけてあげると言ふ夫に少しわくわく背中を向ける
秋桜好きだともらせばあの頃は花束にしてやつて来し夫
除夜の鐘にこころの時計また合はせ夫と生きゆく現在《いま》が愛しも
日々《にちにち》のさり気なき夫の横顔に定年近き哀愁覚ゆ
エンディングノートを書くと言ふ夫の伏せたる目蓋の横顔を見つ

十五夜の月光《つきかげ》の中の虫のこゑ夫の寝息に交じりて聞こゆ

夫君を詠った作品は、この巻の冒頭に置く、その馴れ初めの一連を除けば、互いに想い合う日常をむしろ淡々《たんたん》と提示している。そこからは、歳月を重ねて育《はぐく》まれた揺るぎのない平穏なお二人の日々が浮かび上がる。

訪ね来る誰一人なき施設の翁声をかければ表情ゆるぶ
コロナ禍で寂しいと言ふ高齢者鏡にうつる己《おのれ》に笑ふと
独居の人訪問すれば仏壇の遺影の前にアメ玉ふたつ
何もかも嫌になつたと言ふ老人《ひと》にゼリー三個を今朝は届けぬ
スリッパを引きずりながら歩みゆく老男《ひと》の背中のなほ逞しき
独居の人訪問すれば無精髭うつろなる眼の一瞬光る
車椅子こぎゆく人は脇見せずからたちの花咲きて薫るに
家のため辛いと言へぬ毎日のヤングケアラーに又朝が来る

また、山本さんは永年、民生委員、児童委員等の任を受けられ、地域社会の福祉の増進のために力を注がれていることも伺っている。その職務の人でなければ目に止まらない場面や、お心遣いの端々に汲み取れる作品をここに抄出した。このような、作者しか詠えない時代の現実を直視した作品に、もっともっとチャレンジしてほしいと思う。

押し並べてこの一冊は、作者のお人柄そのものの穏やかな日々を優しく捉える作品に心が和むが、それ故にか作品的には、やや甘い表現や感受がまじることも否めない。一方で、その身につけた人としての真の優しさが、その場をよき方向に変える力のあることも事実である。優しい人々に囲まれて育《はぐく》まれた作者の力のある優しさに捉えた作品の深まりを、これからも期待してご上梓のお慶びに代えたいと思う。

二〇二三年　盛夏

# あとがき

この歌集『天満の子守唄』は、私の初めての出版です。

「うれしきを何に包まんからごろも袂ゆたかに裁てといはましを」、もう嬉しくて古今和歌集のこの一首の気持です。

私は代々の医者の父と十一代目の船場の旧家の「とうはん」との間の長女として戦後まもなく生まれました。

船場言葉で話す祖母は「御寮さん」と呼ばれ、私に当時のしきたり等いろいろ教えてくれました。又母は、「身につけたものは、戦争になっても人に盗まれることは無い。一生自分の財産です」と始終言いました。ですから私に沢山の習い事をさせてくれました。

この「天満の子守唄」を歌ってくれた母は私の知らない娘時代の事を輝く笑顔で話してくれたのです。

こうして祖父母や両親、周りの人達の深い愛情のもと大切に育ててもらったお蔭さまで今の自分があると感謝しています。

それから四十歳代から私は、宝塚市で民生委員、児童委員を三十年間させていただきました。その間、人様の人生に深く関わる事を多く経験しました。自分ではどうにもできない理不尽な事にも出会いました。そんな時、朝一番に鏡を見て「頑張ってるね」と自分に言い、ニッコリ笑い心を整えました。

私が短歌に深く出会ったのは、学生時代で文学部文芸学科を専攻した時です。日本人の脈々と続く風雅な心が大好きになりました。

そして奈賀美和子先生にお出会いさせていただきましたのは、「第十回三輪山まほろば短歌賞」の時で、もう十年目になります。

それから、先生の歌会「こくりこ」へ、二年前には「星座α」にも入会させていただきました。

先生からは、一音の大切さ、深く見つめる心、手ざわりのある歌へと丁寧なご指導を賜っております。

歌会での先生のお言葉には、「目から鱗が落ちる」そのようで世界が広がり有り難い思いでいっぱいです。

人生の年輪を重ねるにつれて、しみじみ感じる事が多くなった今、私には短歌がオアシスです。輝く一瞬にもっと出会いたい、定型の調べにのせて短歌を愉しみたい、そう思うのです。

最後になりましたが、出版にあたりご尽力下さいました奈賀美和子先生、歌友の皆様、紅書房の皆様に深く感謝申し上げます。本当に有り難うございました。

二〇二三年　八月吉日

山本　洋子

## 著者略歴

山本洋子（やまもと　ひろこ）

一九四五年　大阪府堺市に生まれる

一九九三年より宝塚市民生委員、児童委員　就任

二〇一四年「こくりこ」入会

二〇二一年「星座α」入会　現在に至る

歌集　天満の子守唄　奥附

著者　山本洋子＊発行日　二〇二三年十一月二十日初版
発行者　菊池洋子＊印刷所　明和印刷＊製本所　新里製本
発行所　〒170−0013　東京都豊島区東池袋五−五二−四−三〇三
紅《べに》書房　info@beni-shobo.com　https://beni-shobo.com
電　話　〇三（三九八三）三八四八
ＦＡＸ　〇三（三九八三）五〇〇四
振　替　〇〇一二〇−三−三五九八五
落丁・乱丁はお取換します

ＩＳＢＮ９７８−４−８９３８１−３６７−１